一行怪談

吉田悠軌

PHP
文芸文庫

○本表紙デザイン＋ロゴ＝川上成夫

一行怪談　目次

【一行怪談凡例】

・題名は入らない。
・文章に句点は一つ。
・詩ではなく物語である。
・物語の中でも怪談に近い。
・以上を踏まえた一続きの文章。

一行怪談

EVENT
CIR

彼に与えられた罰は、永遠に眠り続けるという呪いだったが、ごくたまに目を覚まし、それまで見た悪夢を一行で書き記すことだけは許されている。

夕暮れの街のそこここのスピーカーから、狂った女の笑い声が少しずつずれながら聞こえてきた。

カッターで切り裂いた手首からざりざりと米粒だけが流れ落ちるのを見た時、彼女はやっと、両親が自分を愛してくれない理由が分かったのだという。

山間《やまあい》に車を走らせるうち通り過ぎた小さな町では、どの家の軒先にも長い長い竹竿が立て掛けられており、その先端には画用紙ほどの私の顔写真が吊るされ、青空にたなびいていた。

天井の四隅に同時に目をやれば、どこかで子供が一人死ぬ。

今まさに電車が迫る線路上に、物欲しげな目つきの人々が立っていたので、踏み切りに身を投げるのはやめにした。

帰り道、背後の足音が縮まりも遠ざかりもせずつけてくるので後ろを振り向くと、後ろを振り向く自分が見えた。

あおむけで昔の人を思い出していると、とんとん、背中を叩かれた。

別れた女に呪いをかけられたのか、謎の熱病によって日に日に衰弱していった男がまさに死にかけた直前、女が息をひきとったとの報せを受け、身を焼くほど相手を呪っていたのは自分の方だったのだと、ようやく男は気が付いた。

団地の表札が自分を除いて全て同じ苗字になったかと思うと、誰も挨拶どころか目も合わせてくれなくなった。

私のことをひどく憎んでいる人が毎年決まった日にイカナゴの釘煮を送ってくるのだが、何故その日付なのか何故イカナゴなのか、そもそも彼がどうして私を憎んでいるのかすら全く見当が付かないので、いつもイカナゴには手をつけず捨ててしまう。

夕方にあの坂道に近づかない方がいいのは、いつも午後5時のサイレンとともに、汗だくのオバさんが自転車のペダルを必死にこぎながら、急坂をゆっくり下っていくのに出くわすからだ。

つい携帯電話を盗み見たばかりに、恋人が「の」という人物と「の」の字だけでやりとりしている、何十通ものメールの意味に悩まなければならなくなった。

ずっと昔にご先祖さまが扉ごと塗り込めた開かずの間から叫び声が聞こえたんで壁を壊してみると中で裸の赤ん坊が泣き喚いていて、それがお前だったんだよ、と母に打ち明けられた。

せがまれて、裏返してある姿見をまた表へと返してみれば、背中の子供が映っていない。

頭の良くなる煙をかけ過ぎた我が子が、百科事典を逆さまに読むように
なった。

産まれおちた我が子に触れようとした瞬間、背後の看護婦から、その子が亡くなる年月日をそっと耳打ちされた。

ふいに涙が止まらなくなり、その場に泣き崩れてしまうと、土壁の向こうから、鶏とも息子ともつかない声が響いた。

どうして今日の昼間いきなり帰宅し、またすぐ出ていったのか、と質問したとたん、夫は青ざめた顔で玄関から飛び出し、そのまま行方不明となった。

戦死した曾祖父のノートいっぱいに記された6桁の数字は、毎夜かかってくる無言電話の番号と一致していた。

雨ふきつけ過ぎゆくバスの、笑い合う母子が座る曇り窓になぞられた、
〝たすけて〟という鏡文字。

逆さまになった家族に恐れをなして家を飛び出したとたん、私は空へと
落ちていった。

実家の薄暗い廊下の向こう、奇妙な高さから首だけ覗かせた両親が「おかえりなさい」と笑いかけてくるのだが、こちらが何と言おうと玄関口まで来てくれない。

たそがれ時、台所の窓ごし、晩ご飯を支度するお母さんの顔は、蟻になっている。

父の遺品の写真に写る美しい少女が誰なのか尋ねると、そのザシキワラシがいなくなったから、うちは逆さまにお金持ちになったのよ、と母が暗くほほ笑んだ。

亡くなった父の顔をした虫が、しきりに窓ガラスにぶつかっているのを見つけ、窓を開けようと立ち上がった途端、虫はかぼそい声で私を非難し、そのまま飛び去っていった。

夜明け前の庭に、無数のカタツムリが集まっては次々に音をたてて蒸発していき、やがて残された大量の殻が朝日を反射し輝きだして、それから夏がきた。

あの夏にあの納屋で死んだあの女のあの匂いが、行く先々で残り香となって漂う。

帰宅して灯りをつけると、今朝、駅前で踏みつぶした蟬がテーブルの真ん中にぽつりと置かれている。

ある夏の夜、屍臭《ししゅう》を発する巨大花を見ようと植物園に忍び込んだ少年四人組のうち、三人は大人になるまでにその冒険をすっかり忘れてしまい、一人は今も花弁に包まれ、誰かが自分を思い出してくれるのを待ち続けている。

ばったり出くわした旧友の腕に絡みつく女の、美しい容姿を褒めたところ、そんな風に見えるならお前が連れて帰ってくれと、すがりつくように懇願されてしまった。

新月の海を泳いでいたら陸の灯りが全て消えて闇となり、浜辺らしき方から、自分を嘲《あざけ》る大勢の人の笑い声が響いてきた。

とてつもない大災害が世界中で巻き起こっているらしく、テレビもインターネットも炎に包まれて逃げ惑う人々の悲痛な映像で溢れかえっているのに、私の家から見えるのはどこまでも静かで穏やかな午後の景色ばかり。

ふと訪れた神社で「抜くな」という杭《くい》があったので抜いてみた途端、遠くで巨大な黒煙が上がり、数え切れないヘリコプターが頭上を飛んでいったのだが、この杭は元に戻した方がいいのだろうか。

延々と世の中を罵倒《ばとう》し続ける幼児があまりに不気味だったので地下鉄を降りたのだが、後から来るどの列車のどの車両にもその幼児が乗っており、背後の改札からも同じ怒鳴り声が聞こえてくるので、もうどこにも動けなくなってしまった。

「大切なおしらせ　百円」なる板を抱えたホームレスの空き缶に、酔っぱらいがふざけて小銭を投げ入れた途端、トラックが猛スピードで歩道に乗り上げ、そのままホームレスを轢《ひ》き潰していった。

透明な湯なのに浸かる浴客の首から下が見えないと訝《いぶか》しみつつ温泉に入る先から溶けだして自分と皆と境なく一つの湯船に広がってなるほどこれが名湯と思う意識も消えていく。

ひょんなことから「肉」と呼ばれるものの本当の正体を知り、慌てて皆に教えてまわるも、そんなことすら知らなかったのかと呆れられてしまう。

もうずっと十字路を横切る葬送行列に通せんぼされているうちに気付いたが、遺影を掲げた未亡人もその後ろの参列者も延々と同じ人達が巡っていて、どうやらこの葬列は永遠に終わりそうにない。

そこを訪れると、必ず白い糸が小指に絡まってしまうのを怖れ、馴染みの老婆への訪問をやめた若い男は、次の朝、首に白髪が巻きついて死んでいるのを発見された。

この崖の先から海を覗いたら、死んだ我が子が水面の下から笑いかけてくる、というのがここが飛び降りの名所となった本当の理由ですが、どうしても覗いてみたいのですね？

――

子どもの時に忍び込んだ廃屋の地下室で、無人のままカタカタと映写されていた16ミリフィルムの、あの映像を忘れられるなら、大事な人や幸福な思い出も含めた全ての記憶を失ってもいい、と彼は思っている。

その地方では、山の頂上に棲《す》む大蛇が口から一回り小さな蛇を吐き飛ばし、その蛇がまた小さな蛇を吐き飛ばしてを七匹繰り返した末、麓の住民の喉頸《のどくび》に届き咬《か》み殺すという事件が、今でもたまに起こるそうだ。

いつも通りの一日が過ぎようとしていた夕暮れ時、消防車や救急車が次々と家の前に到着し、誰も出てこないままサイレンを鳴らし続けている。

盆のたび、庭を飛びかう蝶や蜻蛉《とんぼ》を一心不乱に殺してまわる母を見ていると、十年前に失踪した父の行方を彼女が知っているように思えてならない。

誕生日のたび、鉈《なた》と花束を持った女が現れ、窓の外から祝いの言葉を叫ぶのだが、花の数は毎年一本ずつ減っていて、今年はついに鉈だけを手にした女が来ることになる。

命日のたび、自殺した友人の携帯番号に電話するのだが、今年もまた吹きすさぶ風と砂を踏みしだく音が延々聞こえるだけだったので、どうやら彼はまだ目的地に辿り着けていない。

ついに水は言語を解するようになり、宣戦布告を世界に伝えた。

隣室の老人が独り死んでいるのが発見されたらしいが、それなら昨夜壁ごしに聞こえた、大勢の人が歓声をあげて何かをすすり噛じる騒ぎはなんだったのだろう。

ずっと大勢の猫とだけ暮らしていた女が生まれて初めて恋をした日、仕事から帰った彼女は、家の猫全てが舌を噛み切って死んでいるのを見つけた。

いつのまにか、閉めたはずのドアや襖《ふすま》が少しだけ開くようになり、次の日には風呂やトイレの蓋が少しだけ持ち上がるようになり、次の日にはどの隙間からも視線を感じるようになったので、この家では何から何まで開け放しておかなくてはならないのです。

とうとう村人全てが狐憑《つ》きになってしまったため、誰も狐憑きとは何なのか分からなくなり、もはや狐憑きですらなくなった皆が呆然と暮らす村に、ある日、旅人が訪れた。

その色が有ると認識してしまうと世界は全てその色だけで出来ていることに気付きそれは人間にはとても耐えられないので絶対にその色の名前を知ってはいけないよ、と盲目の老人が教えてくれた。

5メートル超す老人の自転車が、よく首都高を逆走している。

とある国の神殿が爆撃されたというニュース映像を眺めていたら、現地の人々がカメラに向かって怒りとも懇願ともとれる声で口々に、私の名前を叫び続けていた。

merman

木曜に火曜の夢を、月曜に土曜の夢を、水曜に日曜の夢を見るので、金曜の夜に一週間の日記と夢日記をつけるようにしている。

その美しい女の姿は鏡にも水にも映らず、ただ不細工な男の瞳にだけ反映するので、自らの美しさを確認するため彼女は今日も、口づけするほど近くまで醜い男の顔を覗きこんでいる。

そっと箪笥《たんす》をのぞくと、片一方の靴下がもう片一方を飲み込んでいた。

君みたいな都会の人は、満月の光が物質をくぐり抜けることを知らないから、月明かりだけで照らされた僕らが半分透けて見えるのを、そんなに驚いているんだね。

太古の人類を支配していたモノが閉じ込められ眠る琥珀《こはく》には、細い蜘蛛の巣状のヒビが入っており、我々がそのモノを冒瀆《ぼうとく》するごとに、ヒビは一本ずつ増えていく。

世界に一冊だけの推理小説を巡り、二人の古書収集家が殺し合いをした結果、飛び散った血が本に染みて固まり、犯人が判明する場面から先のページが開けなくなってしまった。

夕飯時いきなり、うちの犬のけたたましい高笑いが響きわたり、両親は
うんざりした顔で、また喪服を用意しなくては、と確認し合った。

竹の花の夜露から作られる香水は、つければ誰をも虜《とりこ》にする香りをまとえるが、太陽光を受けた途端に腐臭を発するので、「夜明け前にベッドを抜け出すように」と説明書に記載されている。

凍える夜、無人の交差点でおしゃべりする二人の老婦人の上に、しんしんと雪が降りつもる。

初詣《はつもうで》でひいたおみくじに「そういえば自分は人を殺したことがあっただだろうか、などと決して思い出そうとしてはいけません」と書かれていた。

転校先で渡された生徒手帳にある「渡辺について話すことを禁ずる」という校則について尋ねても、みんな苦笑いするだけで何も話してくれない。

朝礼の最中、自分以外の全生徒がいっせいに顔を上げ口を開いたかと思うと、何かの乳が豪雨のごとく降ってきた。

ある朝を境にずっと、教室の隅のカーテンが人の形に膨らんでいて、もう一ヶ月、誰も開けられないでいる。

通学路の途中、少しだけ外れたマンホールの奥で〝こっちこっちこっち〟去年行方不明になった清水くんの声がこだましていた。

屋上の端に立って遠くを見ると、大きな墓石がゆっくり回転しながら向こうの空を横切っていった。

ずっと死んだ同級生の席に座っているのに、いないはずの彼の席に僕がいることも、僕の席が空っぽなことも、クラスの誰も気付かない。

依頼主の秘密厳守という引越しのアルバイトで運ばされたのは、螺旋《らせん》型のベッド、底の無い食器類、小刻みに震えるクローゼット、何かの毛と皮で作られた本、黒く塗り潰された鏡、鋭利な刃物で満たされたバスタブ、などだった。

向こうから来る、べったりと腕を絡ませたカップルに覚えた違和感は、彼らの体が太い糸で縫い合わされているからだ、と気付いた時には、もう遅かった。

面接に来たのは、ここ毎晩の夢の中で私が惨殺している男だったので、その場は和やかに話を終え、すぐに履歴書を不採用の棚に入れた。

毎朝、家の前を通る自転車の甲高いブレーキ音に眠りを破られている男が、今日こそ注意してやろうと明け方の玄関先で待ち伏せしていると、遠くから炎に包まれた裸の少年がキイイイと叫びながら走ってきた。

肝試しで入った時にはあれほど怯えていた友人から、次の日、その廃屋に引っ越したというメールが届き、朽ちた畳の上で彼が幸せそうに笑う画像が添付されていた。

もし片手の猿が屋根に石を打ちつけているのを見たら、その家の人間とは決して関わってはならないよ、と祖母から釘を刺された瞬間、天井から硬い音が何度も何度も響き渡った。

どの角度から見つめようと、妻の遺影は必ず私から目をそらすので、いつまでたっても彼女の面影に浸ることが出来ない。

不死のまま八百歳を過ぎた頃、女は死ぬため母親となった。

臨終の妻に夫が、これからも僕達は心の中で一緒だと告げると、妻は〝いえ、あなたの血と骨と臓器の中で〟と返し、確かに半年後、夫の体は全て癌細胞に覆われた。

亡き妻に化けていた狐を打ち殺し、朝の光で正体を現すのを待っているが、日はいっこうに昇らず、もう永遠に近い夜を、妻の形の死骸と寄り添い続けている。

このところ、妻が深夜の決まった時刻に電灯の紐を一定のリズムで引っ張り点滅させていて、外を見れば、夜空に浮かぶ白い発光体もまた、同じリズムで瞬《またた》いている。

誰も住んでいない隣室から聞こえる争い声に怯えていた若夫婦が、ある日、壁の向こうの罵声が自分たちと同じ声をしていることに気づいてしまい、もはや別れの日は近いのだと、二人は静かに確信した。

子宮を失ってからというもの生卵ばかり呑み続けていた妻が、ついに口を押さえてトイレに駆け込んだかと思うと、便器の中を何かが元気に跳ね回る音が聞こえてきた。

日々強烈な既視感に苛《さいな》まれている資産家が、十年分にわたる屋敷の防犯映像を調べてみたところ、十度繰り返された三百六十五の日付それぞれにつき、服装も言動も料理の言いつけも、妻が寸分の狂いなく再現していることが分かった。

忘れ物をとりに帰ったばかりに、妻への愛をとうとうと語る飼い猫と、それにうっとり聞きいる妻に出くわしてしまい、それからずっと家には戻っていない。

いつも小鳥を逃がしてしまう息子のために与えた羽切りインコも次の日には消え、飛んでいっちゃったの、と泣く息子の口から、黄色い羽がひとつ舞い落ちた。

さっきから太った男児につけられて影を拾い食いされている。

焼け焦げた廃ホテルを探索するうち、そこだけ壁紙も調度品も麗しく、
淹れたての紅茶の香りただよう一室へと迷い込んだ。

その国一番というホテルのフロントに、血まみれで震える男が駆け込むと、ええ当館のシャワーは全て豚の血となっておりまして、とコンシェルジュは優雅に説明を始めた。

あらゆるものがロールシャッハテストでしかない男が歩いてきて、電柱を〝飛ぶ叔父〟、太陽を〝落とした文庫本〟、スーパーを〝鰐《わに》〟、雀を〝2年前の3月4日〟、へこんだガードレールを〝私の唇〟、あいあい傘の落書きを〝砂浜に降りる道を見つける〟、と指差し答えながら去っていった。

かつて極楽浄土を目指して大海原を旅した船団が沈む、その海底の真上を、今や人類最後の生き残りである人々を乗せたタンカーが、ゆっくりと通り過ぎていく。

古い民家がひしめく中、あちこち貼られた忌中の紙の示す方に歩いていると、角を曲がるたびに辺りが昏《くら》くなっていき、今向かっているのは自分の葬式ではないかという思いが強くなっていく。

高架下で眠っていた男が、この世の真実を表す短い一言を叫んだのだが、それは真上を走る電車の音にかき消された。

百人以上が亡くなった航空機墜落事故の死者名簿を調べると、必ず一人、同じ名前の男が載っているそうだ。

誰も遊ぼうとしないカバの遊具をとり壊したところ、その下から無数の小さな骨が掘りおこされた。

古書店の百円棚で買う本全てに、誰かの金髪がはさまるようになった。

これより先は全ての駅が通過となります、との車内放送が流れ、もう二度と山手線から降りられない。

飲みほした湯呑みの底に、帰ってはいけない故郷への切符がへばりついていた。

ぬめった液体入りのガラス瓶を振り続ける男がいるので、車両を移動したいのだが、どの連結部にもそれぞれ、同じ液体の瓶を振る男たちが立っている。

夜を徹して恋人に囁いた言葉が、翌朝、街ゆく人々の着信音となって響いている。

恋人に電話で別れを告げたのと同時に、逆側の耳に恋人の罵声が響いた。

彼女が屋上から地面までの間に残したメッセージが、毎晩同じ時刻、私の留守電に吹き込まれる。

……おかけになった電話は、あいつが二度と喋れなくなったため、お繋ぎできません……。

今すぐ家から出なさい、と電話の向こうから叫ぶ母の声を聞きながら、
すぐ横でテレビに笑う母を見つめている。

インターネットの向こうで一日千人ずつ友達が増えていき、その全員が、いつ私の家で待ち合わせようか議論し続けている。

毎年、同じ日付けの結婚式招待状を送ってくる女友達がいたが、十年目の同日に彼女の母の葬儀通知が届いてから、二度と葉書は来なくなった。

向かいのアパートの一室、殴り殺された女がカーテンの隙間から頭だけ出してこちらを覗いてくるので、私もずっとカーテンの隙間から彼女を見張り続けている。

本当に申し訳ないのですが、ここ一年の自殺者が全員、あなたのことを遺書に残しているので、どうしてもお話を伺わなくてはいけなくなりまして……。

某国の処刑では、世界で最も重い鉄塊を地面に落とす音と、世界で最も軽い蝶が舞う羽音を、同時に罪人に聞かせるという方法がとられている。

無理やり並ばされた行列の先には、黒い箱から笑顔で出ていく人々が見える。

ふと喫茶店の中を見渡すと、満員の客がさんざんにお喋りしているのに、カップと皿の合わさる音しか聞こえてこない。

逃げて逃げて逃げ続けて、ついに海岸まで逃げついたところで、砂浜の砂全てに爆笑された。

ある日を境に、街中には私をほめたたえる落書きがあふれ、擦《す》れ違う人たちからは口々に罵倒されるようになった。

今年こそ伸ばしつづけたこの髪をあなたの首まで届かせますと、謹賀新年もうしあげます。

堀の水面を覆いつくす桜花の下にさしいれた老兵の手を、誰かが摑んだ。

公園に垂れ下がる色とりどりの鯉のぼりに、一つだけ人間が混じっている。

夕立ちの音がしたので、洗濯物を取り込もうとカーテンに手をかけたところで、ベランダで響いているのは割れんばかりの拍手なのだと気付いた。

集落を焼きつくした山火事を年に一度再現するという秋祭りの当日、何も知らないカップルが山間の村へと迷い込んだ。

風吹きすさぶ薄《すすき》の原で、一列の枯れ穂だけが逆向きにたなびいている。

流氷の海に潜ってみると、生き別れた人々が氷の下に立ちすくんでいた。

明け方のベンチに座るカップルが、泣きながらお互いの指を食べ合っている。

どうぞご不要ならこのまま焼いてくだされば、その時どんな匂いをたてて燃えおちるか確認してくだされば、これが恋文であり遺書でもあると信じていただけるでしょう。

行方知れずの恋人について語ろうとするたび、口いっぱいに鉄錆《てつさび》の味が広がってしまうので、いつまでたっても真相を明かせずにいる。

私を許すために妻が出した条件は、鴉《からす》の血、落雷した木の欠片《かけら》、あの女の墓の土を揃えることだった。

後ろ姿が私そっくりの何者かを追いかける妻を追いかけている私の後ろから私を呼び止める妻そっくりの声が響いた。

首を吊った恋人の足下で拾った丸石は、今やすっかり大きくなって、中からコツコツ叩く音も聞こえてくる。

この女が私の背中から離れることは二度とない、と観念したところで、
彼女の靴を全て燃やしていったのです。

断崖から身を投げた老夫婦が、どちらが先に海に落ちるかジャンケンで決めようとしているが、あまりに長く連れ添ったために気が合いすぎて、永遠に終わらない勝負を空中で繰り返している。

昔、数え切れない子を堕ろした毒水が湧く谷は、今、浸かる女を孕《はら》ませる子宝の湯となっている。

双子のため揃えた二揃いの玩具たちが、夜ごと二手に分かれ戦争している。

世界中あらゆる料理を食べても、いまだ思い出の味に辿りつけない彼には、産まれなかった双子の片割れがいるそうだ。

死んだ子のお骨が夜ごと動くから、と我が子の埋葬を拒んでいた両親も間もなく不審死を遂げ、今では毎夜、廃屋で三つの骨壺がおしゃべりするようにコトコト動いているという。

葬儀場の案内に従っていくと、いつの間にか袋小路となり、三方の壁に貼られた人差し指が全て私を指していた。

私が置いた焼香から肉の焼ける匂いが漂うと、全ての参列者が悲鳴をあげて逃げ出した。

鯨幕をめくると、この席の主人公が潜んでいたので、またそっと幕を閉じた。

どんなに探しても見つからなかった婚約指輪が、焼いたばかりの母の骨
に混じっていた。

裏山から投げ捨てた父の位牌は、斜面を転がるうち巨大な土の塊となって、私の家へと突き進んでいった。

幾度も地上が焼け野原となり、全ての死者が復活してまた滅んだ後もなお、あの人と墓の下で待ち合わせるという約束を、私は頑なに守り続けている。

一心不乱に電柱へとノミを振るう男の後ろに、コンクリートの弥勒菩薩像が点々と並んでいる。

弁天像の薬指に結婚指輪をはめてみると、すうっとその手が握られて、
二度ととれなくなってしまった。

墓地に立ちならぶ娼婦たちの中には、一人だけ観音さまが混じっているので、それだけは買わないよう気をつけている。

研いでいる米粒全てが仏様の形をしていたので、私は自分が呪われていると気付いたのです。

近所の日本語学校に通う生徒たちは、すれ違うたびに見たこともない指の組み方をして、必死に私を拝んでくる。

私が創った神様の祟りによって、家族、友人、近所の住人と、親しいものから順に瞳が赤くなっていく。

世界中のあらゆる玄関をノックしながら探し続けている相手は、もうずっと昔から、とある扉の覗き穴に瞳を押しつけて死んでいる。

親子三人で横断歩道を渡っていると、右側で水に落ちる音がしたので、そちらを向いた途端、また左側から水音が響き、気づいたら私一人になっていた。

母が遺した訪問着を脱ぐたび、必ず四本の裂き傷を肌に浮かべているのに、義母はそれを着て出かけることをやめようとしない。

すれ違った老婆の膨れた腹の中から、幾人もの男の泣き声が聞こえてきた。

ある夜、布団の上で歯と耳と鼻が「今日は百年に一度のお祭りだ」と踊り狂い、次の夜もまた同じ文句で踊っていたので、彼らの百年は一日で巡りくるようだ。

言葉とは、我々の祖先が滅ぼした種族にかけられた太古よりの呪いだが、その最後の赤子だけは殺さなかったため、我々は泣き叫ぶことを許されている。

6

その女の家は、代々多くの孔雀《くじゃく》を殺し続けたため、家族全員の太ももに
鉤爪《かぎづめ》が生えているそうだ。

うつむいた先に、真っ赤なペディキュアが塗られた真っ白い足が見えるのだが、膝から上が真っ黒に焦げていて、そこからもう視線を上げることができない。

隣に座った女が、なぜ金魚だけを食べ続けて生きていくようになったのか、その理由を打ち明けはじめた。

道行く人全てが、私の靴の底を覗き込もうとしてくるのだが、何を調べているのかは決して教えてくれない。

また今朝も人殺しの夢から覚めれば、寝巻きは返り血を浴び、爪には皮膚や髪の毛がこびりつき、独房のあちこちには肉片が飛び散っている。

寝る時に必ず、洗濯機を回し続けることだけは忘れないよう願いますが、それさえ守ればたいへんお得な物件だと思いますよ。

ある朝目覚めると、全ての家具に噛み跡がついていた。

玄関の隙間から、縦に並んだ両目が覗いている。

冷蔵庫が開いたままだと注意すると、妻はうんざりした顔で扉を閉め、
次の瞬間、庫内から激しいノックの音が響いた。

大黒柱に打ち付けてある赤錆びた釘を抜いたとたん、家全体がため息をついた。

ある団地のある棟では、毎日午後2時17分から数分間だけ、歩きようのない人が歩きまわるので、誰も廊下に出ようとしない。

コンセントを抜いても消えないテレビから、私が様々に調理される3分
番組が流れ続ける。

子供部屋には床下へ続く扉が23個取り付けられていて、私が成人する日、どれか一つの取っ手を選んで開かなければいけない。

我が家の地下で闇市が開設されたらしく、いつのまにか台所に掘られた
階段を、国籍不明の人々がひっきりなしに出入りしている。

「あなたがけさたべたものはほんとうは」と書き綴られたトイレットペーパーを、これ以上巻きとるべきかどうか。

僕のお兄ちゃんはお風呂の中にいるのですが、僕だけお風呂のフタを外したらダメと言われているので、まだお兄ちゃんに会ったことはありません。

この屋敷では、古くから屋根裏に住むものがいるが、その鳴き声から「ケラケラ」と名付けると「スンスン」という響きに変わり、その音で呼ぶようにすれば「トクトク」と鳴きだすので、いつまでもそれを名付けることができない。

部屋の隅に落ちていたメモリーカードには、様々な場所でカメラに向かい微笑む私と、血塗《まみ》れのコンクリート壁の画像が、交互に何百枚も保存されていた。

「ご自由にお入りください」とのメモが、新聞受けから一枚一枚、深夜の廊下へと落とされてゆく。

その家が栄えるため、家の男たちは片耳・片目・片手の指など二つある
うちの一つを失ってしまう事実を、家の女たちはひた隠しにしている。

我がクラブに参加する新入生は、初代会長が遺した骨盤を枕に寝てもらい、そこで見た夢を報告する決まりになっています。

落とした洗濯物を取るため、階下の空き部屋を大家に開けてもらうと、
私のシャツは１ＬＤＫの真ん中で血だまりに浸されていた。

高層ビル建ち並ぶ埋立地が崩れおち、おびただしい数の小指が地下から
噴出した。

盲目の占い師たちが住んでいた区画は、廃墟街となった今でも、全ての扉を半開きにして客を待っている。

猛毒である彼の涙を一滴垂らせば、麓の町を全滅させられるのに、生まれてから一度も哀しんだことのない殺人鬼が、月夜の貯水池で途方にくれている。

生鮮棚に置かれている最後の人類の肉に、今日やっと半額シールが貼られた。

無限の解像度をもつ一枚の風景写真を、どこまでも拡大し続ける仕事に
任命された。

もし少しでも海の腐った臭いがするようでしたら、別のタクシーを拾ってもらうのがお客さんのためですよ。

いくら新しい建物や道路に阻まれようと、その老人は頑なに百年前の地図だけに従い、近所をさまよい続けている。

このあいだ山奥に捨てた知り合いが、五箱の宅配便で届いた。

預言者が最後に残した言葉は、果てしなく長い一連なりの文章なので、
いまだに誰も結論までたどりつけていない。

EVENTR
CIRC

MISSING
MISSING
MISSING

本文イラスト——津川智宏
本文デザイン——岡本歌織
（ｎｅｘｔ ｄｏｏｏｒ ｄｅｓｉｇｎ）

解説——長い臍《へそ》の緒

穂村 弘

『一行怪談』には、普通のことは一行も書かれていない。そこにあるのは異様な出来事ばかり。にも拘《かか》わらず、どこか思い当たる節がある。とんでもなく奇妙なのに、決して別世界の話ではなくて、長い長い臍の緒で今ここにいる私と繋がっている。そんな風に感じるから、ついつい頁《ページ》を捲《めく》ってしまう。

昔、家庭用の医学百科事典を眺めていたら、あの症状もこの症状も自分に当てはまるような気がしてどんどん不安になっていったことを思い出す。

ひょんなことから「肉」と呼ばれるものの本当の正体を知り、慌てて皆に教えてまわるも、そんなことすら知らなかったのかと呆れられてしまう。

この不気味さはなんだろう。或《あ》る時から、食品売り場で商品の横に生産者の名前と顔写真が示されるということが増えてきた。自分の口に入るものの「本当の正体」を知りたいという気持ちの表れだと思う。でも、私たちは気づいている。それが単なる気安めで、なんの証明にもならないことを。

「あなたが　けさ　たべたものは　ほんとうは」と書き綴られたトイレットペーパーを、これ以上巻きとるべきかどうか。

「トイレットペーパー」ってところが妙に怖い。平仮名ばっかりなのも。世界の中で安全に生きるための情報が足りないと思いつつ、知れば知るほど不安になる。それに「ほんとうは」って云われても、もう遅いよ。食べちゃったんだから。

いくら新しい建物や道路に阻まれようと、その老人は頑なに百年前の地図だけに従い、近所をさまよい続けている。

「老人」はどこか幽霊っぽい。でも、その姿が私自身と被ってくる。人々がスマートフォンを使いこなす現代社会では、それができない私のような人間は、幽霊めいた存在になってしまうのだ。いや、スマホ、持ってるよ。持ってるけど、地図アプリみたいなのの使い方がわからないんだ。だから、私はいつも駅前の錆びた看板の「地図」をじっと睨《にら》んでいる。

とてつもない大災害が世界中で巻き起こっているらしく、テレビもインターネットも炎に包まれて逃げ惑う人々の悲痛な映像で溢れかえっているのに、私の家から見えるのはどこまでも静かで穏やかな午後の景色ばかり。

怪談というよりも、まさに今の我々の現実そのものなんじゃないか。肉眼では何も見えない。そう気づいた時、どうしていいのかわからなくて怖くなる。心の奥にずっと抱えていた不安が照らし出されたのだ。

無理やり並ばされた行列の先には、黒い箱から笑顔で出ていく人々が見える。

「黒い箱」ってなんだろう。その中では何が行われているのか。献血？　除染？　「笑顔」がひどく怖ろしい。

ついに水は言語を解するようになり、宣戦布告を世界に伝えた。

そして、現在の読者は、ここに津波の幻影を見てしまうかもしれない。

団地の表札が自分を除いて全て同じ苗字になったかと思うと、誰も挨拶どころか目も合わせてくれなくなった。

自分だけが皆と同じ世界に入れないことの怖さが増幅されている。最初に引用した「肉」もそうだった。私だけが秘密を知らない、私だけが仲間外れ、私だけが人間もしくはその逆、ってパターンは繰り返し出てくる。

転校先で渡された生徒手帳にある「渡辺について話すことを禁ずる」という校則について尋ねても、みんな苦笑いするだけで何も話してくれない。朝礼の最中、自分以外の全生徒がいっせいに顔を上げ口を開いたかと思うと、何かの乳が豪雨のごとく降ってきた。

ずっと死んだ同級生の席に座っているのに、いないはずの彼の席に僕がい

ることも、僕の席が空っぽなことも、クラスの誰も気付かない。

いずれも自分以外の全員が実は何かを共有しているという不安が描かれている。だが、その「何か」自体は問題ではない。怖さのポイントは「自分以外の全員が実は」というところにある。「自分」と「自分以外の全員」、最初は見えなかったその違いに何かのきっかけで気づいてしまう。その時、世界は裏返って、見たこともないような怖ろしい場所に変わるのだ。

『一行怪談』は、実にさまざまな形で私たちの心を揺さぶってくる。

そっと箪笥《たんす》をのぞくと、片一方の靴下がもう片一方を飲み込んでいた。

こういうことってあると思う。でも、それを「飲み込んでいた」と表現することでもう一つの風景が見えてくる。

このあいだ山奥に捨てた知り合いが、五箱の宅配便で届いた。

「五箱」が嫌。実際「宅配便」だと、「知り合い」一人分は量的にそれくらいになりそうだから。めちゃくちゃのようで変にリアルなのだ。

ずっと大勢の猫とだけ暮らしていた女が生まれて初めて恋をした日、仕事から帰った彼女は、家の猫全てが舌を嚙み切って死んでいるのを見つけた。

これは切ないなあ。でも、ほんの少しだけ嬉しい気持ちが混ざってくるのは、どうしてだろう。「女」の、人間の「恋」よりも、ずっと強い「猫」たちの愛の真実が証明されたように思うからだろうか。

最後に詩のように危うく美しい怪談を。

双子のため揃えた二揃いの玩具たちが、夜ごと二手に分かれ戦争している。

けれど、「双子」はすやすやと眠っているのだろう。

（歌人）

この本は、とうもろこしの会より刊行された『一行怪談』（二〇一二年）、
『一行怪談（二）』（二〇一六年）を一冊にまとめ、再編集したものです。

著者紹介
吉田悠軌（よしだ　ゆうき）
1980年、東京都生まれ。怪談、オカルト研究家。怪談サークル「とうもろこしの会」会長。オカルトスポット探訪マガジン『怪処』編集長。怪談の収集や国内外の怪奇スポットの探訪をライフワークとし、雑誌・WEBでの執筆やテレビ・イベント出演など精力的に活躍中。著書に『恐怖実話 怪の足跡』『怪談現場 東京23区』『怪談現場 東海道中』などがある。

PHP文芸文庫　一行怪談

2017年7月21日　第1版第1刷
2017年9月27日　第1版第2刷

著　者　吉田悠軌
発行者　後藤淳一
発行所　株式会社PHP研究所
東京本部　〒135-8137 江東区豊洲5-6-52
文藝出版部　☎03-3520-9620（編集）
普及一部　☎03-3520-9630（販売）
京都本部　〒601-8411 京都市南区西九条北ノ内町11
PHP INTERFACE　http://www.php.co.jp/
組　版　朝日メディアインターナショナル株式会社
印刷所　図書印刷株式会社
製本所　東京美術紙工協業組合

ISBN978-4-569-76736-9

うっかりと最後のページが外に逃げ、その本はもう読み終われない。